回廊

小糸　健治

三省堂書店／創英社

［目次］

第一章

夜は今日も長かった。友木徳長(ゆうきとくなが)は夜空の月を見て、歌を奏でるように暗い夜の空をなぞらえ、ある夢を見ていた。夢は人により万物疑いないものではないが、徳長にとって、それは最も忌まわしい真夏の行事であり、秋風も吹けば同じ月が顔を出すと思えてならない。それは必然たる面持ちの、必ずうまくいかない満員列車の旅であったのだ。彼はその列車の音を聞くこともなく、ただ淡々と行事をすませ、歩き去る様は、常人でないと自負していたが、それが徳長の常であり、いつもと違うことを容認していた。

夜は長い。果てしなく続く回廊は、今日も心に響いていた。重い過去の荷を持たぬというのに、他人とうまく調和しない運勢は、拭(ぬぐ)い去ることの出来ない日々であり、また明日へ引きずり列車を去るのであった。かくして心の中の列車の旅は変容し、美しくも、また醜くもあり続ける心の化身は、死に化粧の美化とともに、死体を焼く人夫の仕事に生きる聖者は見つめる眼を持っていない。死を考えることに、途方に暮れる日を想うからだ。

ところで徳長は友人と云える人を持っていなかった。しかるに別段親しくはないが隣人と称する種族を得ていて、それを彼は某医学生と呼んでいた。どうしても、実は、妻が妻であり何でも細君の安堵のために精神科医を訪れる日常であったのだ。それは彼にとっての喜びの日であり、他と違う独自のユーモラス——それは、非日常の夜の哲学であり、彼の彼たるゆえん、背徳の常軌を不審に思わない不審。それが毎日のことだったのだ。

医学生では役に立たないのではなく、それは彼の療法としてふさわしい感覚を得ていたが、細君は「ちゃんと、先生に診ていただかないと」と云って、そうであらねばならないと妙な考えを口弁するので、彼にとって苦手な存在ゆえに、医師を訪ねる。

「今日は、いい日和（ひより）ですね。あなたの親指はいつものように赤々と腫れて、ヒビが入っていますが、私は医師なので、このような指を診るのは初めてなので、困るのですよ。専門が違うので、私しかいないのがあなたの間違いなのですが、私に主治医をお決めなさっているので、仕方無しと云って、これで私はお役に立てる医師となりますよ。」そう医師は云って、この場を立ち去っていった。後姿（うしろすがた）が何ともいえず、悲しみと寂寞（せきばく）が支配し、歩くさまはまさに大先生の面影があるので、徳長はこの先生を医師と呼んでいた。

三月のある日も暮れた頃、徳長が日暮里の谷中へ訪れる日になってい た。午後でもないのに日差しは薄明るい道端の並木ばやしに、周囲は光というか、薄明い明光の中に一抹の悲しみとともに、亡き人々の霊を映しだす、風景に錯覚を覚えているのであった。

道を、犬の散歩をする婦人と通りすがりに、会釈を心でして、先祖の霊界を病める人間の死後とともに、腐敗(ふはい)の臭いを昼の午後のある日に、降りそそぐ明るい光の道に谷中を感じていた。多くの人の泣き叫ぶ声を聞き、また戦時に死を迎えた人と云う人間の始めからの人生を振りかえると、先祖へもどりまたひとりと会うのだ。遠く、室町の町人の魂が聞こえるのが、この一本道の特質なのだ。

彼はこういう谷中の墓地が好きで、多数の死後からの声が聞こえる。光に満ち満ちた心の中に一歩一歩の歩みを確固たる者の、前世紀の行進を感じ、歩を進めていった。死後との出会いは万事うまくいっていて徳長は今日も一ページの日記を書くのに成功していた。

「ねえ、あなた。線香を上げてくださいな。火をつけて煙りが上がるように線香を仕立ててきたので、水をくんで谷中の墓地のお参りを済ませてくださいと云いたいのです。早く、この霊園を出て、浅草の屋台の店でラーメンを食べたいの。早くお参りは、済ませましょう。」と、細君が語りかけた。彼は、こう云った。

「そうは云っても、祈念がまだだ。これからタクシーを拾っていくにしても四時過ぎにはなるだろう。まあ、時間をみて時計をあてにして考えるのはやめた方がいいよ、汗をかくだけだからさ。ラーメンは私がおごるよ。」

こう話していた。浅草とは、いい所を妻は見つけるものだと感心しながら、本当は、とんでもない迷い道の付き合いをすることに内心、心ならぬ同意をして、自らおのれの妥協を下していた自分に気がついていた。それはそうと、タクシーがなかなか来ないので、細君と一緒に歩くことに別段不満気もなく歩き疲れてしまうことに、予測の一途を不覚にも考えず、歩きだしたことに後悔をした。やがて日暮里の駅の近くになってきて、ふうとため息をつき、細君に今、何時かと聞くと「ちょうど四時十五分を廻ったところです」と云うので、案外と時間がかかったことに、自分ながら彼を説得していた。自分でも彼は彼のことを妙な奴と思っていて、気が変なことは自認していたが、先の某先生のように考えていくと、心のおかしなクリニックへ紹介されてしまうのではないか危惧していた。徳長はひたすら自分の移りゆく四季さまざまな春の心を参照に辞典を引く行為を止めさせた。我が辞典を引く時、いつも索引から思い出すことがある。それはイロハニの「イ」であり、彼の扉のメッセージであり、彼のこころの最初にある原初の礎であった。その礎の幼年時代を引く時、彼は旅に出る決意をして、映し出される幻影の先に何が見えるのかとふと思った。その時、東海道の旅へ出ることを決定していた。彼の幼い頃からの脈々たる英知であり、幼時にもう、東海道への旅へ出ることは決められていたことと、思わずにはいられない。不変のイデオロギーは今、開示された。旅はイデオロギーとなり、世界は主義を到達領域へ格上げし、日本人口分裂の危機に陥ることを、ほのめかす。民族主義の誕生と思っていたが、民主主義への回帰が徳長の救いの道であり、細君という凡庸の権化との永久の分離と別離を心の中で歌い上げていっていた。細君なのに、どうしてこう私の心は難しいのかと見当がつかず、いつものように彼は電車に揺れていっていた。

山手線が上野をすぎていった頃、彼は彼の心の中で電車の音の妙な音符に耐えがたく長いことに腹立たしくも思っていたが、それなのにまた快癒にも感じていた。外の景色はいつものように外界との一線の拒絶に崩壊の喜びを、刻々と賛美し続けていっていたが、ふと気づくと徳長は一人で内なる過去にいることに納得していた。景色は流れるように風として去り、京都にいた昔のある子供の世界を思い出さずにはいられない。

そうもこうもしているうちに彼は思い出の描出に成功し、描写世界の写し込みを試みて、今日もまた、あの日の夕刻の日の沈む墓地の景色なのかと、感慨を込めて考えていた。それなので次の旅は京都へ行こうかと心に決めるに至り、ようやく電車を降りることにし、帰路につく覚悟をしてあの日常への回廊、つまり、平凡な細君への怒りを押さえて、今日も家に帰っていった。

ところで、いつも彼はこう語っていた。内なる世界の心の開示はあったのか。そうに決まっている。きっと人々は世界を馬鹿にして、恐怖も、狂おしい性の欲望も、精神の炸裂も、何も知らず、いつもテレビを見ている。そして何も考えず、日々満々と歩いていて、一人か二人かを問題にしている人間と云うものは、実にくだらない幸せを美徳と考える不思議な動物だ。それを否定しないことに論議はしないが、まあ赤く腫れあがった親指を持っていること程、それが優秀なことだと、わかりきっていたことはなかった。常識とはいつもこうなので、彼も仕方なく異議をはさまずテレビのスイッチを入れる。どうしても民衆の一致を得る来世からの祝電がなく、デモ行進をフランスでするだろう。それで外国の扉が開くなら、それもそれで納得するのが、彼の議会の裁決である。多数決とは何かをいつも考える。少数派の敗北に、いつも徳長は妙な不一致の不一致、それは心象世界の泉の枯れてくる平凡の勝利に思えてならない。どうして泉の水は満ち満ちないのか。不穏のなかに夜警は走り、私の心にも警察があるに違いない。このビブラートに揺れている心象に政治家は正しくないことに気づくと、いつも彼は平静を失うのだ。彼のなかにいる彼は、いつもこうだった。揺れ動く徳長の世界は、彼の登場とともに、砕けたハンマーのように、きらびやかに出現し、作品における登場人物となって、ここにいる。議会は作品を駆け巡る。実は彼も登場人物に違いないが、そうあってはならないのかと、確認している。人物は政治に負けるのが彼の常識だが、人々は人物に勝利を下す。くだらない政治家に賛美の歌を歌うのだ。常識とは、全く正しい。それはそうなのだが、イデオロギーはそこにない。これを考えると幸福とは常識なのかと印を押すが、徳長にとってそれは価値のない最低の世界ということがわかりきっていた。これは一般論で何も彼は否定しないが、実に単純なことと思えてならない。彼はいつもこうやって縁側に坐っている。こういう種族になれるのに、なれない不幸をいつも最善を尽くす喜びに幸福を感じているのに違いない。世界はこうやって誕生し、徳長は世界の終焉を予感している。予感は当たるものと確信しているので、予感という種族に繁栄の刻印を刻んで時を過ごし、時代を駆け抜ける。全く彼は自分を馬鹿な種だと思っているが、実はそうとも思えない。かくて、彼は京都へ行く準備に余念がなく過ごしていた。

京都の秋の紅葉は見事なものだった。嵐山の紅葉は有名だが、徳長にとってそれはフィルムの中の明白な事実の逆説に他ならず、それを眼で写す素晴らしさとはうらはらに、遠き過去の心のエッセイに他ならなかった。こうして見ていると赤や黄色の美の絵巻は平安の面影になりうる武家の敗北を見るに至るが、どうしても長い世の終わりを告げる、演奏曲のフィナーレに似かよっていた。今日もこうしてあるのは、京の紅葉に不可能を思いわずらい、京の都の京、すなわち尋常ならざる尋常の世界の絶滅を奏で、それを夢追う人々の否定の錦の絵の爛漫たる連続体に思えてならない。都落ちして徳長は「金閣」の下山道(げざんどう)を歩き出し、いちべつの別離の喜びを彼であったことを確認しながら歩き、彼とともに歩調を「いち」、「に」と合わせて歩いていった。それは徳長の肯定であり、否定の死のメカニズムからの脱却を余儀なくされ、それを徳長は美しいと感じていた。ちょうど人々が紅葉にカメラを向けて、その美しい絵巻に感動し、写真を撮るさまと同一の工夫であった。それを行う行事を毎日行う尋常は、今日もあったことに他ならない。

金閣を抜けきると、そこはもう都会のざわめきの中の一般人口を歩いているので、徳長はどうしても不快の念を思わずにはいられない。不快は不快なのだが、そのことは徳長にとって、今いる、この存在体系のなかから否定される肯定を功績とする不快なので、彼は今日も元気だった。そう思えてくると否定というものの定義に何らかの疑問を持つことに抗議する種族に種の同一性を感じざるを得ないので、明らかにデモクラシーに反旗を振るう先導者のチーフになることを、誇りに思ったのであった。

徳長はこうして京都の市街地を歩きだすのに成功し、心のモチーフを回帰する幸せを春爛漫に歌い続け、小さな歩道を行くのだ。そこは太古からのいにしえの文様(もんよう)であり、悪の刻印を授けられた死からの伝達者の乱舞であり、今日も自分と自分との隣り合わせのギリギリの錯綜は、夢を見る心の中に存在する夢追う人々の世紀の大軍に勝利をかざし、死からの敗軍に賛同と共感と狂った妄想じみた心のからくり絵巻を信仰する仏教の洗礼者となるのだった。仏教の始まりはいつもこのようにして原初から決まっていた。決まっていることと認識しているのに徳長の心に響く仏教の韻は認識している掟と異なり、いつものように死の文様の烙印が有るのだった。

古都の秋模様は心あざやかに映る。徳長にとっては四季の春、夏にただよう美しき恐怖の乱舞であった。乱れる心の唐松の林間に走る心象の扉の世界は、いつものように、彼を苦しめる類の者たちだった。それはこう覚えている過去からの偶像主義者で、神の使者はたまに人間の哲学の支柱を支える来世者からの侵入で、その者たちに、彼は支配を許すことを可としない永遠の抵抗主義者の始まりであり、狂気からの分離で、彼が彼でないことのものの始めと考えていた。彼とは、者たちと違った分別であり、心の中に走る列車の旅は、またしても入れ違いを認めざるを得なかったのである。その異なる本質の錯誤は、彼との分離で、途方もない膨大な石油コンビナートであり、船はタンカーとして国際貿易を行う仕事を旨とする仕事に、徳長は辟易していた。この万物のエネルギーは、かろうじて彼を二十一世紀の世界への侵入を許諾していて、世紀は徳長を拒絶し、心の平静をもって技の回避に不同意であったのだ。

時に徳長は金閣寺を出てからというものの、京の街を歩く都会のセンスを見せつけて、この日本の都に何かのふりをする、えせ都会ニストとでも云うべき独特の風情をかもしだしていた。ここの地へ来てまで、何故、都会のワンセンテンスを筆に置き、ハイカラさんならぬ妙な頑固者でない気の妙な変質をかもし出す独特の考えにみまわれる徳長を知っていたのだった。通りがかりの女性という女性は、ここが昔の都の地であるにもかかわらず、彼を見つめる感性の鋭さに何やら色気を感じて、スラックスの細見を投影する美的なる世界の再現に、興奮を思わずにはいられない。

すれ違う女のさまは、どう映るのかは彼にしかわからない変質の世の終わりであり、これを人々は「エロ」と云うが、彼はそれをそうとは思わず、これを末法思想から来る世の中の終わりと始めのエッセンスと考えて、毎日仕事に励んでいる。これが徳長にとっての常識なる世界なのだが、どうしても告白する機会がなく、彼は誤解を受ける人となるのが、者どもの一致した発想なのであった。とにもかくにも彼は普通にしていて、人からは妙な類(たぐ)いと考えさせてしまう彼の常のやり方に、人々は変わり者と烙印を押して片づけてしまうその単純な考えに、徳長は無能な社会を見て、廃絶しているのに気が付かないでいる。凡庸とは本当に悲しい産物だと思い、どうして深く考えないのか、気が知れないと、いつものように考えながら歩いていた。今回もだったと彼は云いつつ、歩きだす。ふとバス停の前に立つと、そこには京都駅行きの路線バスがやって来たので、徳長は思わず飛び乗って、料金を支払って椅子の徒となり、景色の過ぎ去る街並みを見ていた。降りるのが終点だから、行き過ぎを気づかわずにいられれ、安心していられるのであった。それは徳長にとって、心安まる平穏な時のわずかなセンテンスであって、ここに人生の扉のくだらない日常を、肯定できる唯一つの貴重な瞬間だったのだ。徳長にとってこれを自認することは、たった一つの許された時であり、これをもって彼は旅行を是認していた。

そのことで、いつかの過去に隣人と議論があったことを思い出す。ある精神科希望の医学生で、何でも出身は田舎生まれと聞いているが、まだ若いので、黒々とした髪をふさふさと持っているのに、不思議と清潔な雰囲気をかもしだしている。これも精神科医の狂気と考え、徳長は自分が変わり者であったと、いつものように主張する理由がこういう所に派生するのであった。

ところで、この青年医学者希望の学生は、徳長に友人であると云ってきた。それを彼の心に定義として、まだ会って間もないのに、図々しくも彼の気の変なことを指摘する代弁者で、彼はこの男のいうなりになるのであった。彼の旅の安心する唯一無二の時をかき消す役者であって、彼はいつも妙な考えを示し、思索家を推奨していた。自論によれば、思索家とは日々であり、決して、考えることを美徳とし、幕府であって、下人の町人であっては世界は消滅するという固い確信めいた思想を持っていた。ゆえに町人の旅行の否定者で、彼はいつもその医学生を隣人にしてしまったことを、得とも損とも思わない。

なぜなら妙な奴は、徳長の味方だからに他ならない。

彼はいつもこういう考えに囚われていた。日々とは不徳の念であり、変わり者といわれる実相に、変質者の追っ手を振りかざし、世間はまんべんなく同様だという評価につきまとわれる変な奴に同化させる、妙な技を仕向けていた。彼はこの台風の目よりかなり隔たれて平静を装い、平静であることとの限りなき(――それはそう考えるだけで一理ある――)恐怖の人口の世界をまばたきをもって垣間見るのである。人生は医学生を友にした。きっと将来は立派な医師になるにちがいなく、そう切望されている見本の人物だが、どこの大学病院になるかが不明である。望みをかけているが全くわからないので、徳長の性格を知るよしもなく、通りすがるので、彼は何気なく不快に思っていた。心の曲がり角でも、自分に気がつけば、どんなにか楽であったことだろう。そう考える身なのであった。せっかくまたとない彼にとっての天使は(この医学生がこの世のたった一人の理解者と、医術の療法士と思えていたので)こうやって凡人になって世間の雑踏に消えて行く。かくて救済は消失し、彼と同類な天性は時の彼方へ去っていった。不幸であったと、彼は自認していた。そしてこれを考えるほどの切ない風習はなく、いつも社会との隔絶を旨とする〝世紀の行進〟をいぶかしげに悩みつつ、それを歌いあげていくのであった。

徳長はいつも夢見ていた。夢見つつ、うろたえて回廊を回想し、そして影の人物、もう一人の自分を思いあたるに至るくだりを、彼のもうひとつの心はうまく描写しきれなかった。時に、彼は写真を撮るのを趣味としていたが、自分が中に撮影されているのを見る程、不快の念に囚われることがなかったことを明々と告白するべきだった。人間の生活ほど汚れているものはない。最も愛すべき、しかし愛から遠ざけられた異質の存在に気づく彼を彼自身知っていた。

人間の本性とは何かに突きあたり、彼はそれが徳長であり、そうでなかったことに思いあたると、徳長はいつものように喜びを得ていた。これに彼は「山」を見ていて、振りかえると、そこには写し帽子があり、妙なわたりの思いを隠しきれず、そのことを某先生は、気が変になったと云うので、精神科ほどくだらない所はこの世にないと、持論を持っているのだった。何故なのか、彼は彼が変な奴なので、彼は自分の心理描写を雄弁に語る、語り法師を、某先生と呼びたいのであった。

こうして先生は医師を失格するが、しかし医師なので、それは彼にとって法師であらねばならず、彼はいつも自分自身に苦情を云って、この馬鹿げた議論に終止符を打つ努力をしているのだった。

法師はいつもの様に椅子に坐っていた。それで人から法師と呼ばれるに至った原因は、影帽子の写し絵師になっていて、医師を是認せず、政治家を否定しなかったからだ。理論医学を滅亡の徒とし、この世の崩壊は滅亡の後に残る焼き印とし、苦悶からの歯車の一員に他ならず、歯車を一枚、一枚かみ合わす。明々白々たる定例行事を見ずに、社会を侮蔑して、滅亡への行進を歩む大尉殿になり、ラッパを吹かせる核物理学者であったのだ。物理学者の行進は今も続き滅亡ラッパは高々と城の上へ運ばれて、死体は焼かれず放置され、女どもは裸体に衣服を絡ませて乱れている美徳を、彼は良しとしていた。こうやって、死後の喜びはやって来て、近世の科学は去って行くが、そうなのかと思うと、今度はデパートの一列、百貨店の家々が向こうから来るので死の進軍は、今一度振り向くが、いや大尉殿は射殺されて、カスター将軍は平氏となり、今は盛りと遺体を保存して何百何千と埋蔵し、年寄りは焼いていった。平氏は今も盛りなりけり。今日も、高々と政治を歌い、遺体焼きの老女の中に正義の勲章をさずけていき、平氏は今も東京の首都に、副都心、新宿を見て、保存と焼きけむりの二枚刃に満足の至りと、保存された死体の活用を企だてる、ニュービジネスを問題としていた。心のなかでの空想は、今日も法師を悩ませ、悪行の肯定と背徳の否定をうまく合わせもった妙な行事に、遺体の保存と死体焼きに、今日も狂おしい歯車を見てとっていた。

全て徳長の中の心のエッセンスであり、平氏の登場をもって、彼は笑みを浮かべて、満天の星空に光るキラキラ星を自分の物としていた。徳長の心の世界はこのように乱れており、社会は一列縦隊で整然と歩むさまを、徳長は善行とせず、この平氏の到来を、心のカテゴリーの勝利としたかったが、負けは京都からの帰り道の空想を終わらせ、今日も外の車窓を見て、何だ、何もなかったことだと現実ばなれしていない。現実に停車駅が来るのを待っていることだった。やがて電車は横浜に着いて、降りる準備をしていたが、忘れ物はないかと、もう一度確かめることだった。が、ふと気が付くと、平氏がやって来て、「もう一回、確かめて下さい。」と語りかけることだった。徳長は、その時、平氏が車掌なのかと想うと、そうではないが、そうなのかと異議をはさみ、ここに平氏某先生が誕生し、あの医師の大先生は冠に平氏が付くのに至って、某平氏先生と云う精神科医が生まれた。

その生まれの源から、源氏の説々たる語りかけが武家の心象の根源原因で、どうしても説々たる来世からの足音であったのだ。源氏の末世で有り、徳長はぜひとも平氏を裏切らず、平氏であらねばならない必須の階段を登っていくことに、同意していた。彼にとっての平静とは旅行だったのが、今、横浜を通り過ぎて是認した世界を見ていると、どうしても同意しかねてならないが、こういう考えが浮かんでくるのが、徳長の常なので、またなのかと思っていた。大先生へ報告するべきなのに、それに気付いていても軽蔑して、常軌とは、くだらない産物と決めこんでいるのが彼の哲学であったのだった。平氏は確固として有るが（それは源氏が必須事項としてあの世から来るので）平氏ほどきらびやかな常識の世はないと決めている。そこにいる大先生には源氏の残影があるので、いつも威光に輝く大勲章の道を、ただひたすら「光の道」と云って歩くのだった。

平氏は今日も徳長とともに、電車に揺れていた。やがて、終点に着くと徳長は胸のポケットに何か入れたそうに歩きだし、コートを忘れていたことに気づくと、前を閉め、風の通らないようにポチポチと歩きだした。家へ着いて、やっと平氏も忘れざまになり、彼はポカンと外を見てはいつものように布団(ふとん)に入り、暖かい本当の夢を、見ることに専念していた。何が起こるかわからない夢の世界を馬鹿馬鹿しく単純な庭仕事とし、放棄せず、快くも受け入れ眠りにつくのだった。

徳長にとっては、平氏の世界ほど狂おしい日々はないが、それを夢の中で繰り返すことは決してあり得ないので、万事うまくいくものと信じている。それは百パーセントではないが、夢に吸い込まれることなどないという確信がないのに、よくまあすやすやと寝入っている。夢の中で平氏は出ませんよ、と某先生は彼に語るのであったからだ。かくして、先生は夢に登場する人物となり、それを医師は暗示というが徳長にとっては空想の語りかけで、このことを診察室で云うと「あなたは現実の生活を毎日するべきで、人々から聞いた声を録音機をもって確かめていくべきで、現実と妄想が一緒になってしまっては、精神病に犯されています。早く立ち直るべきで、朝早く起き顔を洗って規則正しいリズムで仕事をしなさい。」と云ってくる。これで徳長は安心する人ではなく、方程式を解いていく数学者のイズムを感じているのだった。

——精神疾患者の常とはこう云うものであるのだ——

精神科医はいつもこう語っていた。実は精神病とはこういうものだと云うことを世人に知れることを良しとする専門医からのエッセンスであり、彼に同化させられ、語らされていた。彼の悲劇Xであったのだ。悲劇は続くことを拒まれ、徳長の日常は回復して明るく朝、徳長は気持ちの良い目覚めをぐっすり眠った後に感じるのであった。徳長はこうやって次の日を迎え、夜の夢は何事もなく今日も快活に歯ミガキを行って、朝食の夏みかんを食べて酸味がほとばしっていた。

ああ、退屈だ。細君に出社するのが嫌とは云えず、仕方なしにぼっさりと上衣を着て、カバンに新聞紙を入れて持ち歩くのだった。通勤電車に乗るまでまだ時間があったので、八百屋でゴボウの値段が半額になっているのを見て、メモを取っていた。この仕草を変と思わないので、変なのであることを徳長は得意になって自負していた。これが彼にとっていつもの事だったのである。

そうこうしていると彼の平静はいつものビブラートで揺るぎを得ず、心定まらぬ妙な時を出社しようと思うと、何故か同時に思うのであった。会社へ行こうと決意すると、出社拒否症候群になり、どうしても行かねばならぬことは分かりきっていたので、徳長はいつもトリックをかけて、自己暗示にかけていた。それは彼にとってただならぬ事であり、自分でそれを「ひょうたん療法」と名付けて「ひょうたん造り」に精をだす庭師の類に思いを馳せ、一風変わった「ひょうたん」を造ろうとしていた。が、とりもなおさず、考えのなかで創る世界に、彼は妙なくだりをしはじめていた。それは「ひょうたん」を造ろうとすればする程、園芸は是認され、それは「トマト」と「ナス」の実を採るために植え込みを行い、せっせと肥料をやる事に余念がなく、水をやり、育つ温室栽培に勝利のツバサを感じ、ビニールハウスの中から、ひょっこり出て来る自分の姿に、記念写真を撮るのだった。こういう園芸の毎日の空想(そらおも)いは、徳長にとって晴れがましいことであり、雨降りだす前の一瞬の些事(さじ)であったのだった。

このようにして「ひょうたん」は造られ、彼のベルトにぶら下げられ、コクンコクンと振って歩くことは、我ながら「さま」になっていたのである。この振幅が徳長にとって必要な事物の万象であり、彼のトリックは歩かねばならぬと云う朝の出社スタイルを決めこむのに十分なことであり、以後この風体を彼は暗示療法としていた。そして、医師に自慢する徳を得ていると自認し、彼はこうやって通勤途上のバス通りを歩き、駅へ向かうのだった。毎日とはこうして始まっていた。

彼は今日も歩いていた。

* * *

そうしていると平静が得られてくるが、それを固く信じることを彼は信仰としていた。家の庭の木の下から葉がゆらゆらと泳ぐのを見ていると、細君はいつも妙な質問をする癖があった。それは次のようなくだりである。

「ねえ、あなた。今日は会社へ行くのに大分(だいぶん)、時間をかけたようね。

何を考えているのか知れないけれど、ちょうど明日あたりにあの先生の所へ診てもらいに行ったらどう。きっと診察室は空きがあると思うの。私がついていくから、一緒に行きましょう。」

これが細君の愚なる質問の常であって、彼はいつものように凡庸なるさまを見下し、馬鹿馬鹿しく思えてならなかった。何故、彼があの理論屋の医師にかからねばならないのか。それでいてかからなければ何か云われると不安になってくる。この延々たる回廊の繰り返しに、行かねばならない心の不安定を一瞥(いちべつ)して、くだらない世の中の一抹の結論を下すのであった。

医者からの帰り道に、徳長は美術館に立ち寄った。ところで、その入場券は案外と安かった。千二百円と書かれていたので即座に買い、入ることにした。

美術館とは何か――彼は考えていた。絵の大絵巻なのかと思うと、画家が一人いる。その時、美術館は入場券を売る。回廊の終わりに夢の忘失の一点もなき紺碧(こんぺき)を見るので、入場は万来となり、美術館の美的なるものを得るので、徳長の心は安泰になるのであった。

モナ・リザの瞳のように、見つめられると、心の中の動揺に、静かなる知的な平準の尺度を感じるので、絵とは人の心を描写する山々なのかと、ふと感じていた。領域の線は上に静を見てとり、その下方領域に視線の動くまなざしの見つめられる喜びを感覚をもって得ていた。かくて、モナ・リザは、いつも額縁の中に坐っていて、私達を世紀を越えて見すえており、その視線に徳長はいつも合点のいく結果の結実を感じていた。

徳長にとって絵画とは芸術の至りの極地であり、南極観測船の研究の報知とも似かよった、一つの別世界の完成された世界であり、近寄りがたい自分のもう一つの自分で、己が彼として、その絵の視点の最後の安住の砦(とりで)の主であったのだ。安住とは何か。彼にとってそれは最も尊敬すべきカテゴリーであり、すやすやと決別した世界の結果主義者であって、いつも歯車のように働く都会の人々と同じでなく、くだらない社会への軽蔑のまなざしはいつもの事として、そこに住む安住を考えているのであった。

美術館はひと一人もいなくなり、がらんとしていたので、徳長はそれを認可し、そこを立ち去る影絵を同居して一歩一歩と歩いていくのであった。彼にとっての美術の歩みはこの日とともになっていき、電車へと飛び乗ったのであった。

電車に揺られていくうちに、過去を思いだすようになっていくさまを不思議に思っていったので、これを追憶というものなのかと考えていた。周りを見ると客はいなく淋しい風景を、この通勤の途に感じていた。秋のくだりの模様であり、人が居るというのに、一人しか居ないという錯覚に酔いしれ、不思議とそれに同感して、木々の林の中の銀杏(いちょう)並木を一人立ち去ることを旨として、歩いていた。それがここち良いと考え一人でいる感懐をともに感じ共有しているのである。

船の出港はまもなくである。買った切符を見て、徳長はこれから行く先の旅立ちの喜びの日を夢見ていて、今日もあり、また明日もあったのであった。こうしてこの船は旅立っていくのであったが、その船影は闇の中へ消えていき、自分というかけがえのない声は、声のなかより内なる世界へこだまして、この船は曳航されて未知なるM会社へ連れて行かれるのである。

M会社――それは徳長の仕事場であり、恐怖と苛立ちと、また過去の投射であるものに他ならないのであった。こうしていると、彼はいつも平静でいられ、それゆえに延々たる不満と不足の念に満ち満ちた人生を感じ、この凡庸なる電車の日常を平常のたしなみとして、いつもいぶかっていたのである。やがて、彼の未来（すなわちM会社）へ行く船の合図は消失し、代わりに次の停車場へ止まる駅員の車内放送が心を突き、また日常なのかと不平を叫び続ける毎日の到来であったのだ。日々――徳長にとって、この呪わしい言葉は妻から聞く昨日からの鐘の音であり、いつも妻との不仲の根源で、どうして金を稼ぎ(かせ)に会社へ行くのかと、何故かはわかっているのに、企業ほどの平静はなく、またしても尋常なる日々はこれまでになかったのである。平静なる日はこうして到来し、せっせと働く歯車の狂気は立ち去ることを否めず、どうしてもそれが円満でないことに徳長は苛立ちを禁じ得ないのであった。いつものように彼はこれを味方とし、狂おしい自分の独自の世情は、彼の心へ立ち戻ることを認めず、この不可解なる現象を彼自身一瞥(いちべつ)の念を持っていたのであった。それが人生と云うものだといつも自認して、他人を賛美していたのであった。他人ほどの受容してはならない戒めはなく、それでいて他人を好きにならないのに、何故か某先生の言う通り「他人を受容しなさい」

という言葉の意味に、深く尊敬の念を持ち受容と錯覚の倒置に、何ら不満気もなかった。某先生のことを思うと何だか親しげに先生のことを感じるのが自分の異常の常だと思い、深く自分を愛していたのであった。このようにこの先生は不覚にも先生としていられず、いつも医師は己との決別を余儀なくされ、かくて先生を医師と呼んだのであった。よって、医学博士は医師としていつも最上の賛辞を得ず、言葉の源と感じていた。

それは次のようなくだりで正しい事を認定できた。某先生の言葉に不可解なことはなく、また是認できる原初の治療に当たることを、徳長は求めていたのであった。こういういろいろな事を思い巡らしていると電車は目的地へ着き、そこにただ彼を降ろして、そのまま音をたてて行ってしまうのであった。

改札口を出てまず目につくものはコンビニエンスストアであったが、そこで昼飯を買う造作(ぞうさ)もなく(そうすれば良いと本当は思うのであるのに、何故か安物食いの肯定を不思議に思うので）彼はＳＡＬＯＭＥと云うシュトラウスの傑作を想起し、それがそれであるように、フレンチでも会社の隣りにあるちょっとした店に今日の昼を決めているのだった。

ところで彼は歩いていると、これと反する境界は並木の通りを隔てた所に立っている何の気もなく、せり売りしている魚屋であり、そこを見てしまうと、せっかくの音像世界の鳴るアンダンテは壊される。否認される喜び程、彼に失望と快楽の極地を思わせるものはなく、いつものように、ただ歩いていた。

どうしても彼は相反する二つの世界を共存して持ちつつ、それを自分の狂気と認めているので、立国憲政と終戦の日の放送の日、初めと終わりの同時進行を笑みを浮べて喜んでいることを、正攻法としていた。建設と滅亡、この矛盾する気違いじみた概念の発想に、喜びと錯綜(さくそう)の想いの頂点を感じることに徳長はいつものことだったとつぶやいているのだった。そして、いつしか彼はふと信号に止まらなかったことに気が付いて、振り向くこともなくM会社のタイムカードに刻印することに成功した。

M会社、それは大企業であった。何でも海外展開している世界的貿易商社で、この企業の採用に彼が合格することがあったのは、おそらく以前、ゼミ教官の推薦状がものをいったことと思っていた。ひたすら己の妙なる考えを持っていることを隠しきり、認められた己の自己としていたのであった。入社以来もう五年も経つというのに、彼は遅刻というものに縁がなかったことを思いだす。そして彼はM会社で自己という妙なるものの誕生を祝っていたのであった。彼が彼であることの不満はいつもの事だったが、一連のなかでの昇格人事は彼を主任とすることで、役者の人事は表舞台から裾へ去って行くのだった。隣りをすれ違う時の女性社員のなりは、その制服の気持ち良さを賛美している風貌にさすが大企業であると思えてならない。

世界的貿易会社M会社での彼の職位は主任補佐を、任じられていた。出張は度々あり、この前はアメリカへ行かされた後、続けて大阪へも行き、この目まぐるしい仕事に歩き続けているのは、彼のレッテル医学を、自分ながら隠すだけでなく、社会での常識流という正解を考えるからであった。是認された世紀の到来であり、かくして彼は妻を食わしていた。妻も妻で、彼が正気でないことを知っていて某先生への診察室の扉を開く共犯であったのに、いつ知り合ったのかという最大の疑問を不思議と云い、某先生たる精神科医は、いつも語りかけていた。「大したことはありません。大丈夫です。」という言葉を妻は忘れていないと確信していた。妻はやっかいな者だったのだ。何故、自分についてくるのか、さっぱり解らない彼なのだが、この疑問に答える者はゼロではないと考えていた。

ところで、細君は彼を患者に仕立てた最初の女であった。細君について語ることは礼儀に反し、それだけ彼と違っていて、背徳の念とは同義の種族ではなかったのだ。細君のことについて語ることは許されないことと解かっているのに、徳長は自念の理とともに、二人といない我が伴侶の執行を待つばかりであるのだ。女の執行にはいろいろ有ると聞くが、概して主君でない時には我が上官であり、時とともに終わることのないエッセンスを語る唯一無二の友となることで、徳長は納得していた。しかし、彼の細君はどうも違っていて、彼をおかしい人物と考え、いつも言いたげに言わない無口の存在で、かくて女は彼のことを正常と云う印を押し、この二人の結婚は続いていく。その裏には某医学博士という完全なアリバイ殺人があり、彼を狂気の共犯にし、彼はレッテルのない無事を祈って、いつもいる。

変な夫婦で、こうして結婚生活を続けている正統派女流細君の誕生に私も相槌を打たされ、何とおかしくない振りをする、えせ紳士ぶりで世の中それで正常と通ると思い込んでいる。彼はこうしてニセ患者になり、このことを悟られまいと必死で隠して診察室にいるらしいのだ。

時に、先の美術館の扉はやっとのことで開いた。入場券は二人用に売れていき、モネは見物客の見せ物になってしまうのを、彼は入場券を売るからいけないと語りだす。カネ、カネといいかげんに云ってはならない。徳長にとってカネとは正しくは「美」であり、決して安くない「美」なるものの道化に、人形こけしのふたを開け、飛び出してくる念に彼は一瞥の心を持って神社にかけこむ。

このようにして会社の勤務は正常化し、カネはフローであっていつも正しくない。正しいのは人情であり、世の中の動きに順応するくだらなさを、いつも経済学者の父と云って、徳長は気違いじみた数学者の悲劇を——方程式の兄——と呼んでいたのだった。

彼はいつも正しいことを、祈っていた。

ところで徳長にとって細君とはおびただしい光の束の無数の妖精の踊りを抽象化する踊り人形であったのだ。なのに彼にとっては正しい人物ならぬ正軍であり、彼をおかしいと考える烙印にそれを可としているのに何故、生計をともにする生けにえの主であることを反とする一種の固定観念を持っていた。否定しがたい存在としてあるのに、いつも某先生の味方の軍配師であり、それが妻と云うものなのかと心配の念にとらわれ、愛のない呪縛に縛られている。いなくなったら彼にとっての診察室はいっこうに繁盛せず、医師に正常ですとも云われたら、これ一大事になり徳長にとってのかけがえのない——サロメ——は消失していく。美しい調べを奏でる京のびわの法師は、かげろうとなり写絵(うつしえ)は絵師の圧巻となって、京舞台から友とともに去って行く。京都とはこういう圧巻の美を持つ嵐山なのかと、錦の紅葉の美しさにほれる日本女性の行きから旅の源に、彼は楽しげに通うことに満足していた。

回転テーブルに廻る人のあとの文様はいつものごとく彼を悩ませた。それは旅行から帰った後の一種の疲労感にも似かよっていて、定まらぬ定形を持たぬ一抹の人類の悲劇であった。金を持って旅行へ行く群衆の群れに、世の中みんな楽しく美しく陽気なさまに、日の光の暖かさを享受する美学の極地なのだ。旅行に行っていると幸せだったのだ。徳長はこの賛美に止まる小鳥の枝に賛辞とくだらない日常の凡庸なる日々をけなして、妻にことごとく文句を云い、不幸を語るので、肯定なる世界はこうして始まる。

細君にとって徳長は大切な夫であるとともに、心安まらぬ異常世界の具現者で、具象の抽出を旨とする加害者の見本市であったのだ。妻の語り口には仕打ちという錯誤者への思いやりがあり、徳長はそれを理解者と呼称していた。二人はいつものように坐っていて、この巨大企業の貿易商社は美しくも輝く、都会のオフィスで日々をここで過ごすことになっていた。M会社の給与はなかなか高給であるのに、妻はそれを否定することなく受け取れるが、徳長の常識はそれを許認していた。

M会社――それは徳長にとって細君との再会をいつも約する証しのとりでであった。この細君に彼はとりとめもない思い出を持って幼少の頃より憧れる少女の面影を持って理想のひとつの具体化した肖像であり続けていた。細君は徳長のこととなると賛成派となり、決して裏切らぬ美しいヴィーナスであるのに、彼にとっては無価値な銅貨に過ぎず、不平の源と万物の誕生のエッセンスであるのに、どうしても理解されない狂気を正解項と考えていた。いつもこの思いにとらわれる精神科医の信者はここから始まるものと是認している種族の代弁者と、彼は感じているのだった。

六か月が経過した。徳長は朝、心良く目が覚めて前より楽しみにしていた松本紀行の旅へ出る準備を進めることを思い出していたのである。朝の今日は晴天であった。気持ちの良い晴ればれとした空気の澄み切った青空のもとに外気を吸いに出て、背伸びをして、思いっきり空気を吸い込むと、明日への扉が開く予感がし、青春時代に若返るのを体いっぱいに感じていたのである。若き日の瞑想(めいそう)の思い出は、今日はもうなく、なのにいつまでもいつくしむことを旨としその感慨にひたるのであった。若き日――それは思い出というこの世の架空の日々を重ね合わせた今の時代であった。きっと妖精の舞う時の彼方の逸話の国なのだろう。それを彼は午前の日と呼び、今の狂気の始めとは無縁でありたいと願う訳だが、某先生はその日々に我が源氏の物語の毎日の源があると云うので、困窮の念を禁じ得なかった。

精神科医はかくて彼の内殿を知る唯一無二の砦(とりで)の主であるのに、土足で踏み入れる乱行を徳長は腹立たしげに痛感し、平氏の物語を賛美し、死後の世界の在り方、つまり遺体とは何か――決して腐敗ではないという固い観念と美の究極を死体へ賛美することを旨としていた。死体への美の追究と憧れは、こうして始まった。

列車に乗車する前に、徳長はこの空想世界を断念し、ようやく我に返り車内で弁当をひろげていた。うまい、これが彼の感想で、駅弁は毎日売れていくのを心良しと定め、自分もその御礼に祝して、食うことに有難く感謝の念をいだくのであった。車窓を見ながらめくるめく通りすがる山々の風景に、彼は旅路の心の準備から来る想い出の旅を感じ、それが今、過去と今二重写しの絵師になっていくのに笑みを浮かべて、またいつもの変わり者が登場人物となる不幸を感じていた。

今しがた、寸時は幸せな時であったのに、もう不幸が舞い込むが、本当は世間のくだらない群像を指摘する幸せの超常現象の始まりと是認しているので、徳長は自分が不幸者でないことを知っていた。実は不幸は世間であり、自らは幸福者ではないかと訝っていて、幸と不幸とはこうして相対的なものであると念じ、それは徳長にとっていつものことなのであった。全く、本質とは何か、と考えを深めていくと、やはり常識の否定と日々の愚かさを感じざるを得ない。

列車はゆらゆらと動き、快適に走りだしていた。そのゴトンゴトンという快音の響きに心安まる今を感じ、これが旅という客人なのかと思いをはせ、風景をながめているのだった。隣には老人が坐っていて、何やら話したげにしている雰囲気を感じていたが、きっとこれも彼の妄想なのだろうと考え、記憶の断絶を願うのである。

駅を降りると澄んだ空気と冷たい快癒(かいゆ)を合わせ持つ、停車場は一つの世界であった。ドアが開いた後よりこれを感じ、向こうの山々をながめ、織り成す美しい白銀の光景を夢見る若き日であった。駅前より走るタクシーに乗って街の中を通りすがり、その都会社会よりの合一に一瞥(いちべつ)の念をはせ、新しい世の誕生を宿して、タクシーは走り続ける。右、左に建物を見て、この奥ゆかしくも旧い街並みを思うと、そうでもなく近代的とも思え、不思議な感情を持って、ある昼食処へ着き、洋食を食べ始めていた。彼の旅の目的は温泉地での保養であり、かくて旅行路にここで一泊するのを心からの楽しみとしていたことに、ここへ来てみて後悔をする気が起こった。温泉が自分の想像と違っていて、どうも源泉の味が心と反していたのだ。が、入って浸(つか)っているうちに、やはり並みの幸せはあり、人生とはこの並みなのかと、自分の幸と不幸を分断していた。

料理の味は上々で、運ばれて来る皿は全部たいらげていたので、料理人もさぞかし満足しているのだろうと推測していた。なかなかの美形の女性が来て「いらっしゃいませ」と云うので、彼もおじぎをして満悦の気分で、この旅行を自らの流儀に反するものと認めていたが、それでもこれは、まあ是認して良いものと考え、評価を与えている徳長であったのだ。これで旅日記は終わっていく――。

*　　*　　*

木之下とは旧縁で、先に述べたとおり彼の救いの主の希望の医学生であった。若い学生はまだ医師でもないのに、練達の話し口上で、友人と云って近づき、いつもなれなれしく接して来ては離れていく失敬な奴だったのだ。変わり者で、その変わり振りは常気を逸し、木之下は従者として仕えている風情で、今日も心地良く徳長の前を通りすがるのであった。某医学生と木之下とは全く関係のない医学生であった。木之下は医学生としては上々の出来であって、成績も良いらしく医師になった時の希望とは、変わり者を診ては、自分より優秀でないことをほのめかす或る隠し芸を療法として確立することを妙に自認する特技を持つ医師になることだった。

医師として勉学中であるのに自己流の技を空想しており、その実験相手に徳長はなっていて、それがまたよく効くらしく、この素人療法に徳長は期待を持っているのである。医師ほど侮蔑すべき愚かな象徴はなく、また彼の日常の不在なるこの世の風情を認可しない処方を腹立たしげに思い、世間のくだらなさを痛感するのであった。凡庸なる世界の行進に、世界の腐敗と滅亡を夢見ては、それを否定する指導者の到来で、世紀は終焉をとげ、夢は現実とならないことに悦楽を覚え、かくて彼はイデオロギーの偶像に着々と歩むのであった。

木之下とはこのような話し相手ではなく、ただいるだけで彼は周知の独白を語らずにはいられないのである。この不可思議な妙な関係が知られぬことが乱行の徳であり、美徳の泉の元とも思えるので、いつものように彼は木之下に語りかけるのであった。「調子は良いですか」と云うと、いつも「調子は良いです」、「私は日々と毎日を使い分けて、日常の日々を暮らしている平凡な医学生です」と、占い師に手相でも見てとらせているように神妙かつ、淡々と語りだす。「日々と毎日は同じことなのですが、――SALOME――を聴くと違うことのように思うのです。それは、サロメを聴く前を毎日と云い、聴いた後の感動を得た自分を日々と云ったらどうでしょうか。かくて日々と毎日は繰り返し、僕に響いてくるのです。これは無理難題の解決を簡単に解く方式なるもので、決して解くことの出来ぬ永遠と無類のテーマを、同じように強引に解決してしまう愚かな哲学者の美なるものの世界なのです。」

某若者はこのように語る特権がある存在だと、ふと徳長は感じ、この医学生を彼は何かの救い主と思うのであった。この変わり振りに彼は全く違う存在だと分かっているのだが、おのれ自身が気が変であることを自認しているのに、この青年医学生も何か同じ哲学を持っているのではないかという源の在りかに共通項を見いだし、そこで彼はかの平氏の到来を夢見ているのだった。

平氏、この世界ほど美なるものと欲望の泉はなかったと考えている。しかし、現世ではこの平氏との隔絶をするメロドラマがあり、死に別れてゆく恋人の山列は、歴史を駆け巡りどこまであったのだろうか。女も男も、このドラマの終焉を予期し、そうあらねばならないのに、彼はこのつじつまの合わぬ考えに背徳の夢の境地に生きる喜びを得ていた。こうして異常心理学者の学問は発達し、彼はそれを自分の数学者の理論と化していたのだった。化石ほどの美なるものはない。徳長のひとつの哲学であり、彼の変人と付き合う者は、どうも見あたらぬと、思えてならない。

某先生は単純であった。その単純ぶりに彼は活力ある妙なる療法を感じているのであるが、馬鹿馬鹿しいことなのであった。そう思えてならないが、何故かよく聞いていると安心する変わったことが度々あったので、彼は世間体のこともあるので、これが彼にとって日常であるのだった。

医師は医師でもこれをひも解くことはない。疑ってはならず、ニセ医者と考えないと同じことで、医学を疑わず、医学を求めては医学の扉を開く本格派を好む紳士たる医学の医師であった。一流であると思っているが、ところがこれが医者の口弁で、自らの宣伝活動たるもので、本当に腕前が良いと異なる、えせ医師なのであった。まあ、よくこんな世界の主まで宣伝活動があるものと関心しているが、某先生とはそういう看板をかけた大先生なのである。

先生は語った。「あなたは難事なる病に犯されていて、治るものも治りません。難事なるものを否定せず、そこに生きておられるからで、それがあなたであるからで、お手上げですよ。あなたがあなたであることを、私はそれを認めているのです。それで良いのですよ。」と、こんな調子で日々とくとくと説法する。説法は説法で良いのだが、これを徳長にとって妻が内諾している楽な快諾であったのだ。

医師も医学も徳長にとってはくだらないものだったが、細君がそれを頼っているものの学なので、仕方なくそれを是認して某先生を大切にしている。これは彼にとって油紙のようなもので、有っても無きもの、象徴にすぎず、このように彼の心の古都を通り過ぎ、過ぎ去って行く林並木の落葉を踏みながら医学は終わっていく巻絵のひとつの様なのであった。

木之下とは毎日会っていた。医学生として彼は特待生になることを目下自認していたが、医学とはかくのごとく存在し、未来であり続ける科学の塔であることを念願し、そこに彼の哲学があるのであったが、ふとした事からそれがゆらゆら動く危うい存在になることに、不安を覚えていた。木之下に女が見え隠れすることになったいきさつがそのてんまつで、万事不始末と云える出来事が起こったからで、木之下が我が細君と関係を持っていたのだ。そしてそれが男と女として世間に表出したからで、これを不思議と思わないくだりの話がある。この事件を彼、徳長は某先生に相談することにして、快諾を得ていたのである。

某先生は会った時、この問題を知っているはずであった。我が細君から事情を手紙で聞いていたからである。「で、あなたはどうしたいのですか。」と某先生は語りだしたので、「それは、まあ」と一言云って徳長は答弁を失って、言葉が切れていた。どうしたいということではなく、そこが変人の常で、相手を「殺してやりたい」と思うほど、妻を愛しているのでもなく、そうかといって、このままの状態でいることを暗黙せず、なのに離縁でもなく実は徳長にとって細君とは是認してくれるこの世の先に見える常識の砦であったのだ。気ちがいじみた歯車の世の中の一枚にいるギリギリの些事は、こうして妻とともに終わると確信して、今もいる。こうして徳長の結婚生活は続いていき、妻はというとこれも一理あって続いていく、妙なる夫婦であったのだ。某先生は語りだした。「これを認めるのは間違っています。」それしか医師は云わず、どうしろとも何とも答えがなく、彼の前を立ち去るのであった。そして細君を置いていくという解決をしていく方式は、やはり大先生としか言いようがないといえる。

徳長は妻に口を正すことをしなかった。つまり、この事実を話すことを望まず、妻も妻で、当然ながら自ら不利な境地に陥ることなくお互いだまって両者が平静を装い、何もかも無かった事実になっていく解決であったが、それで良いのに若い医学生、木之下がそれを収める容器の中にヒビが入る存在として、この夫婦の前にいるのは周知の事なのである。

世界的貿易商社――M会社。それは大企業であった。木之下はこの大企業の若手社員になることに成功し、医師への道へ進まなかった医学生で、この貿易商社の一年生としてリクルートのスーツを着て、赤いネクタイをして揚々と、前途洋々たる若者として登場した。それは大学卒業の若手ホープであり、未来を約束された、出世街道を走る列車のレールにも似た進撃ぶりで、その容姿はあらゆる女という女の憧れを集めて、輝かしくも出港した処女航海を想わせる理想の出発地点であった。理想とは何か、彼は知っている者ではないが、理念とか希望とかいうもののたぐいとは、一線を画す医学部卒のエリートとなり、入社して五年にもなると、女の方(かた)から一躍人気を集めていた。

徳長はと云うと主任補佐という職位なので、年がこれだけ違うのに、まあ、こんな風な具合で成り立っているのが徳長にとって尋常なる事であるので、この日常の物語で平静を得ているのであった。こうやって徳長の平静なる会社生活は機能していたが、彼の本当の世界のからくり模様はこれとは違う世界に存在しており、これを——ＳＡＬＯＭＥ——と呼んでいた。こうして精神科医はこの世を去り続け、新しい世界の誕生を夢見る人類学者の行進は続き世界の終末は終わりをとげ、世紀が誕生する。世界は開け、開示するとともに、人類は勝利する。終末に勝利したのだ。かくて狂気は徳長にとって友だったのだ。

＊　＊　＊

国宝金閣寺の鮮やかな金屏風(きんびょうぶ)は見事な絵巻であり、それを教科書に収めること程、難しくかつ、たやすい行事はないことと思えていた。徳長はこの京都の名所をいつもこのように考えては否定し、否定しては肯定していたが、それがいつものこととなると、どうしても仕方なく、危うい二重橋の変、すなわち「昭和天皇の崩御」を思いだす度に、天皇とは何かを考えていた。あの日の日本国民の葬列の記帳は、皇居宮殿を喪の日として与え、しかるに民主主義の繁栄を期待してやまない日々を、国民主義者の敗利と旗をかざし、徳長は天皇制とは何かを深々と考えることを妻へ向かって語りだしていた。妻は妻で某先生に何かみやげを買っていかないと済まなくなる不安にかられ、この一連の我が国、日本の繁栄を良しとすることに、何か大袈裟(おおげさ)なおわびをしないとならない事に巻き込まれる夫の姿に付き合わされることに、うんざりしていた。とんでもない目に遭うと細君は考え、何を語りだすかだけは、秘密にしたかったのである。

二重橋の物語はこうして終わった。

「昭和天皇崩御」、新しい時代の幕開けの象徴、それは議員内閣制の民主主義の到来と豊かさに人々は功績をたたえ、親交国アメリカの保護のもとに、西側のリーダーとして一時代を駆け抜けた歴史を想う。石油コンビナートが勝利し、いつしか平和とは妄想のあくなき砦(とりで)の腐敗(ふはい)のにおいのする、やっかいな前世からの埋蔵された末世に訪れる結論で、彼の結果主義はここから派生するものと自認していた。どんなに多くのイデオロギーが、この前世からの努力といわれるものに費やされたのであろうか。

人間というものの存在は、こうして日々培われ哲学者や思想家は次々と姿を現した。世界は平和主義を得たのであるが、ところで、この分厚い知的産物、この化身は、それは思想家であり、思想家を否定しないのに、この努力を彼は認めず、最後の一ページの詩、結果のみ表するに至った次第である。

資本主義者との別離はない。資本家との別離もない。会社は豊かな人脈を奏でていた。それは化身の夢だった。ところで、徳長は海外へ行く夢を見た。

その夢は特別なものであった。ふいに、またたく間に夢は徳長より去り行き、夢の中の夢、すなわち、現世より最も遠い存在のありかに、不思議と云う名の生物が到来する予期を、現前として前に置き、そして妄想とともに目が覚める二重写し。起きた時の覚醒（かくせい）は新風を巻き起こし「何だ、夢だったのか。」と異口同音に、哲学者の賛美を得てまたしても失われてゆく楽園、それはおぞましき絵巻なるものの化に至るが、徳長にとっては、仏前に今日も忘れゆく毎日と同化せざれぬ今日に、忘れていく幸せは無い。世の中、万事忘れゆく日々孤空のなかよりさぐる万物の抽象を得ると云う、美学の万博の一絵（ひとえ）よりの意向は徒労に終わらず、今日も繰り返し、ふと不審に思う。「今日、在りき日、今、在り。ゆえに明日、在る。」思うに、今とは何か考えると面白い考えが浮かんで来る。今は今に違いなく現在進行形なのだが、何か、イデオロギーたる不穏な話に、政治家を巻き込んで、プロレタリアートの台頭を夢見るインテリは、某先生のうんちくがましい我慢のなりと似かよっていた。かくして、某先生は、社会主義の旗を立てるに至るが、精神医学の主義とは何か、今に在る、不思議な存在というイデオロギーが今日、またたく。

ところで、モナ・リザは主義を失い、今日も彼を見つめている。徳長はそれでいいと考え、彼は見られている眼差しを、社会よりの侮蔑(ぶべつ)の眼と云いたいが、多くの人々が個人を注視し、見つめる眼(まなこ)は、モナ・リザに原初が有り思想家の発祥の地と考え不思議な感に徳長は囚われ、細君にまた人から中傷されている気がすると云い、細君は細君で医師に相談すべきと、云いだす。何故、彼の狂気ならぬ才覚の考えを、世の中の人は理解しないのか。彼にとって我が細君すら我を信じず、医師へ行けという風情の様をかもしだす。「医者へ行きたまえ。」それが世間の人情なのかまたは風情といいたいが、社会とは善人なので、それが功徳の心の一路なのかもしれない。変は変で良く、つまり変わり者で有り、密封なのかと、いつものように医師なる者の道は曲がりに曲がって歩く教授先生の到来を予期して、正しき医学を探りだす。正しき医療とは、医師が正解を重ねる絵師の筆ではないかと考えるが、不思議なる医師とは某先生であり、何で細君閣下はいつも先生の語り口に納得していくのかと、不満を持っていた。

　患者だから、仕方がない。これが彼のモットーで有ったが、いつまでも我慢しているなりが徳長で有ったのだ。「今日、あなたが云った事は現実ですが、それを正して毎日歩きなさい。」こんな事を云われて診察室を出る時、実は不実な憎しみを内燃していないことに、彼は自分がおかしいことを悟っていた。彼は自分が変人であり、変わった哲学を持った凡人でないアウトローだ、それでいいといつも自認していた。常識、それ程の敵はいない。ハズレで有る事、福引の赤玉が出ていれば、人々は納得せず他の色の玉が出るよう廻しているが、徳長も同じなので、何が変わり者かと訝（いぶか）っていた。それが彼の論理であるが、どうも彼にとってのサロメとは、このアタリではなく、しかしアタリなのだ。どうせ違っていることに決まっているのだが、万物の否定にこのくじ引きは満を持して、サロメを唱うだろう。

時は、乱世である。今は乱世であり、世間の戦国時代だ。時代を生き抜いていく武将は有るが、安定した大名は至って遠く過去の人々なのだろう。財閥を信じる徳長は、今日も会社生活で大企業M会社の社員として本社に勤務し、今も安定した盛りの給与を得て、己の世界の不実な破壊的知性に気づかず、平凡な毎日を細君とともに送っていた。常識的であるものの生活はこうして始まり、終わりを遂げずいつしかマンネリとなり、その中に取り込まれて、政治家はテレビジョンで架空放送をして雄弁に語る毎日で有った。そういう時代の先触れであったと確信するが徳長は天下の民主主義を享受し、大企業の安定した給料を第一義として考え、給料をもらって、小ガネ持ちに平伏する。それが世であると、世の中をあざ笑っていた。未来を信じている徳長であったが、この腐敗した資本主義の資本家たちに、明日を語る某先生に、精神科医の狂気を語るがこれはひとつの時代と歴史の考証で有ると、某大学の図書館に開示すべきと考えていた。そして、民主主義は死なずと、語るセリフは、正しき歴史の語り継ぎを余儀なくし、未来へ結いでいくことを、医師は信じていた。

友木徳長は、いつもの変遷(へんせん)を常識として信仰していた。信仰は教祖となり、破滅の功績になることを、次のカテゴリーとして階級社会の反旗の源と念じていた。念じていたが、現実となるはずのない、空想の架空心情は心の中の彼の世界であり、信はいつも彼を確固たる自信の、かつゆるぎない自分であることを約束していた。某先生は、そのことを「あなたの絵巻」と称し賛辞を祝していたが、それが医師にとって軽医学の師として、法師の京都を賛美し続け、「旅行にでも行くことを、善行と考えます。」と語り口を正していた。

医師は正しいを旨としていた、徳長の会社生活は、始めから終わりまで怠惰な生活で、細君とは伴侶というより内縁の新人恋愛貴族になることを理想としていたが、妻は愛とは別段縁がなく、ただの寄りそう産婦であり、平凡なるどこにでもいる細君だった。かくて婚姻生活の回廊は果てしなく続く寺院の妙であり、いずことなく消滅しない心の道であったのだ。

回廊のあとは、こうして始まった。

第二章

主人公、友木徳長の回廊の詩
徳長の心のカテゴリーの唱(うた)、
今日に記す、毎日の記録。

詩歌一　心のあと

明日の前に、今日はない。
或る日の夏の思い出は、
今日につづく。
今日の前に、日々がある。
そう信じることが、
詩人の誕生である。
　詩人はこうして始まった。

詩歌二　詩人アルピニストの最終章

詩とアルピニスト。
その出会いは幸せだ。
きっと幸せなのだろう。
幸福とは何かを
いつも考える。
終わりと始め。
あくなき戦いの山の登り道。
汗が一滴、落ちる。

こよなき景色の乱舞。
めくるめく想いは、

今、山頂に。
その時、アルピニストは考える。
登頂。
その行為は終わったのか。
いや、始まりに違いない。

終わりの登山が行われた時、
また人生が始まる。
また登るのだ。
生きる心とは、
アルピニズムと共に、
果てしなき想いを、
心の中に。

今日、また人生を登る。

詩歌三　子供の精霊

子供たちよ
見回れ
遊びつかれたその日まで
砂の遊び場は
いつもの通りだ。

今日来た道を
子供たちは回る
ああ、心とは何か。
それは精霊の源にある
とばりの光——

今日また来る心と明日。
また精霊は来るのか。
いや回る。
きっと明日の日まで
子供は遊ぶ。
いつもだ。きっと地球の終わりまで。

子供の精霊は輝き閉じる。
大人の来る前を
横切るだろう。
砂遊びの日まで。

詩歌四　私の時代劇

雪の中を走る特急列車。
時代は進化する
時の中に私はめいていする。
思索の本に
私は共感し
国立劇場を
打ち立てる。

ああ、私は何を
するのか。
犯罪者とすべり台、

私は滑ってしまうと
劇場犯罪者となる。
この地の果てに
私は絵画を見た。
雪はコンコンと
降りそそぎ、
私はトンネルを抜けて
東京に帰る。
舞台の終わる日まで。

詩歌五　追憶

思い出すごとに
私は過去を愛する。
それは午後の日、
照りつける
日射病は
私の中にと
私は夏の来る日を
恐怖に思う。
若い頃の
夏バテをいつくしむ。

夏は苦手だ。
冬は得意に自慢する
スキーを滑るが
夏の海はない。
こうして私は
冬の来るのを待つ。

詩歌六　ビニール袋

店へ行く男がいた。
女性店員の
丁寧(ていねい)な会釈に
程良く語る客、
定価と税金、
官僚は税金の徴収を
得意とする
ビニール袋までくれる。

同じ価格で
売る店はいい。

国庫は税でうるおい
客は立ち去る。
去った後、
税を袋に入れて、
今日も今日も、
店は売り続ける。
またたった。
店員はビニール袋を売る。

詩歌七　山から川へ

山を見ると
ほんのりする心の旅路（たびじ）。
旅の果てに
その果てに
続いてくる山なみ。

川を見よ。
そこには魚が
飛びはねる。
魚と流水、
その流れの清らかさ、

その清水に
泳ぎ疲れた
魚がいる。

その水たまりに
山を写しだす。
魚は旅をする、
どこまでか。
山から海面に
光がそそぐ。
ああ、今日も毎日、
魚は川を行く。

詩歌八　レタスと真珠

青い葉のレタス。
皿にいっぱい
盛られたレタスを見ると、
遠い過去を
考える。

若い日々に
体操をしていた
若き時代、
そこには手のひらの中に
真珠があるのだ。

運勢だ、
きっとその人は
成功するだろう。

失敗者とは何か。
成功をこばむ
熱いねっとうの水。
それも運勢だ。
何故不幸を
真珠のせいと考えないのか。
成功者は
いつも不幸と共にいる。

こうして日々、レタスを食べる。

詩歌九　夜の霧

夜をおおう闇。
その降る雨に
夜空の輝きを見る。
自分の夜
それは憧れのもとにある。

夜に花咲く恋、
それは有名だ。
チェアーに腰かける
男女も良いながめだ。
男と女は

アイスクリームを食べる。
その姿に
恋とは何かを
見るだろう。

自分の夜、
その世界に何を
描くのか。
きっと人々は
夢を見るだろう。

詩歌十　サブレを食べる人々

一枚のサブレを食べる。
ガサガサ
何やら落ち着かない。
椅子とテーブル
そこに人々は
雑誌を見ている。
サブレを食べながら
うまいと感じる日は
幸せな人々だ。

落葉が降りかかう。

その秋空の景色に
色とりどりの
人が空を見る。
その時、考える。
一枚一枚の葉が
サブレなのだ。
この情景との
画一は
人生のメロドラマと
思う。
今日は、サブレの日なのだ。

詩歌十一　明日の賛歌

明日へはばたき
今日は今いる僕。
僕は明日の虹の
向こうにはばたく。
仕事の毎日、
ただかく汗は
今日も快癒だ。

僕にとって
明日は毎日、
日々はとうとうと

結なぐ。
希望の果てに
僕は今日を
さまよう。

僕にとって
明日とは何か。
今は僕を永遠の
旅立ちに
向かわせる。
明日ある日まで、
また、挨拶を送る。

詩歌十二　砂糖と器

甘いこよなき
ガムシロップ。
今飲む一杯に
ほほえむ笑顔。
紅茶をすすり飲む時、
僕はまた想う。

果てしなき未来から、
甘い甘美なる世界へ。
未来から器を
もらう。

この一杯に託された
砂糖菓子。
一粒の中にある
未来の精。

人の未来か、
それとも現実か。
きっと幸せを運ぶ
天使の未来にちがいない。
その器の中に、
今日も想う。

詩歌十三　世界と私

私は今、ここに在る。
私とは何か、
ふと考える。
きっとエゴなのだろう。
くずかごの中へ
捨てる
私の新聞紙。

そこにはいにしえの
写しをはめて
活字をきらきらと

写しだす。
今もエゴイズムを
投射すると
ぱっと、
ひらめきのように
こだまする。

世界だ。
私の中に在る。
外界との接点に
私はいる時、
内なるものの一部に
世界を、

今ただ手紙に
写しだす。

詩歌十四　アルバイトをする日

また、電車の音は、
ゴトゴトと鳴る。
始発電車、
レッツゴー。
うなりを上げる
電気モーターに、
仕事に行く人夫は
立って、すれ違う。

人々の往来を見たまえ。
毎日の日雇いの

アルバイト――。
小銭を切符売り場
で探す時、
チャリンと音がする。

労務と金のアンバランス。
働いて得る
今日の昼食。
また電車にゆられて
帰路につく。

詩歌十五　酒の交響曲

第一楽章の昔、
その強打のティンパニー。
いったいなぜ
打ち続くのか。

波が夏の海より
浜辺に打ち砕く。
その音を聞く時、
ティンパニーが落ちる。
合体だ。

大きな石を
上から落とす。
それは響きの中の
酒なのだ。

酒に酔う時、
音と海は一致する。
さざ波の響きの中で、
酒は交響曲となって、
こだまする。
黒い海の夜の日まで。

詩歌十六　テーブルとストロー

今、ここにある菓子。
ビロウド色の
びんの中を
ひとすじの光が
めいていする。
テーブルの上の皿、
それは一冊の本。

その本の中に
ある菓子の器の中に
子供を呼び

大人はストローで
すする。

子供の世界への
憧れと中傷は、
かくのごとく
壊される。
ストローですする行為、
それで少年の日は
瓦解(がかい)し、
大人の世紀が
動きだす。

詩歌十七　名人

ヴァイオリニストの僕。
僕は一弓の
狂人だ。
観世流の能、
一弓の静の音。

たびの人足は
このようにして
狂気のごとく
乱舞し、
ある日、こつ然として

能舞台に舞う。
一弓の静の音、
それは何だろう。

ヴァイオリンの
響きは今また
今に在る。
コンサアトホールにて
また響き、またチケットを売る。

能とヴァイオリニスト。
その二つの存在は
一弓でなされる。

名人は静の世界に
消えて行く。

詩歌十八　落葉と狂気

いちょうの大木の
木の葉のゆらめき、
葉はゆらゆらと
影を写す。
影と現実、
写しだされた葉は
妄想か幻影か。

一枚の落ちゆく手紙に、
カルテを描く、
そこに印した

今日の幻影、
患者は明日、やって来る。
精神病者の現実、
落ちゆく心に
もう一回、影を写す。

誰が書くのだろう、
一筆のペンで
影を写す。
妄想の日々、
心に落ちゆく
木の葉を想う。

詩歌十九　ネームプレート

幼稚園の保育、
園児には
ネームプレートが輝く。
黄色の組、
赤色の組、
その名前を呼ぶ時、
子供は大人になる。
見たまえ、
十八の心に。
二十七の心に。

変貌(へんぼう)と推考。
青年は考える。
はるか幼い頃に
若かりし幼少は、
今、大人の花になり。
そうかと思うと
子供だった。

自分とは何か。
子供か、大人か。
希望を持つ時
人々は年をとる。
若い日に向けて、

自分を考える。

詩歌二十　昼のアサファルト

照りつける太陽に
ぎらぎら
そそぐ、真夏の太陽。
夏と云えば海なのに、
ここはアサファルトだ。
都会の中を行く
電車は今日も
走り続ける。

勢い良く走り
過ぎるので、

乗客は気持ちいい。
昼だから
ラッシュアワーは
関係ない。

風をきって行くのに
外ときたら
アサファルトだ。
クーラーもない。
都会の外気は
嫌いなものだ。

電車を出たら

そこはアサファルトだ。
昼下がりに
汗をかく。
サラリーマンは、今日も行く。

詩歌二十一　椅子と京都

京都には都がある。
仏閣と日本人。
その心の源泉は
今に継がれ
歴史の重みを想う。

日本人の心と
その源は、何か。
しかし、外国の人が来る。
広く世の中を見るように、
外国を見ると

人生の縮図がある。
そこに坐るのだ。
内なる心と外界、
遊ぶのは君達だ。

詩歌二十二　コンサート劇場

コンサートが行われる。
夜、人がテーブルにつき、
シャンパンを飲む。
男のタキシード姿、
女の華(はな)やかなドレス
そこで開幕。

音が鳴る、
拍手が去る
観客が消えると
オーケストラが踊(おど)る。

オケはハ短調、
客はドレス姿になって
パッとすぎる。

戦後だった。
シャンパンは
戦いの後の
乾杯につきる。

「サンテ」。

詩歌二十三　化粧品

流行を追うギャル。
長い黒い髪の毛は
そよ風に流されて
いい匂いがする。
シャネルの5番。
流行を追う化粧品。

ふと気が付くと
墓地にいる。
死後の風に
さそわれて

シャネルの5番。
妄想の死の後
人々はまた再生し、
今日、見た
夢から目を覚ます。

何だ、夢だったのだ。

著者
小糸　健治（こいと　たけはる）
1961（昭和 36）年、神奈川県川崎市に生まれる。明治大学経営学部卒業。川崎市立商業高校にて法律を、都立六郷工科高校で国語を教え、教師の傍ら執筆活動を続けている。『少年と銀貨』『19 歳の日記』等、未発表作品も多数。現在、創作活動と教育活動の二方面で活躍中。東京二期会会員。

回廊のあと

2024 年 1 月 22 日　初版発行

著者　小糸　健治
発行・発売　株式会社三省堂書店／創英社
〒 101-0051 東京都千代田区神田神保町 1-1
Tel：03-3291-2295　Fax：03-3292-7687
印刷・製本　㈱平河工業社

ISBN 978-4-87923-227-4 C0193